아무렇지 않게 사는것 같지만
사실 나는 아프다

아무렇지 않게 사는것 같지만 사실 나는 아프다

초판 1쇄 인쇄 2017년 11월 16일
초판 1쇄 발행 2017년 11월 23일

지은이 문기현
책임편집 조혜정
디자인 그별
펴낸이 남기성

펴낸곳 자화상(프로젝트A)
인쇄,제작 데이타링크
출판사등록 신고번호 제 2016—000310호
주소 서울특별시 마포구 잔다리로3안길 29, 지층 1호
대표전화 (070) 7555—9653
이메일 sung0278@naver.com

ISBN 979-11-88345-23-6 03800

이 도서의 국립중앙도서관 출판예정도서목록(CIP)은
서지정보유통지원시스템 홈페이지(http://seoji.nl.go.kr)와
국가자료공동목록시스템(http://www.nl.go.kr/kolisnet)에서 이용하실 수 있습니다.
(CIP제어번호: CIP2017030194)

아무렇지 않게 사는것 같지만
사실 나는 아프다

문기현 지음

자화상

저자의 말

우리 중 누군가는
나와 같겠지. 그렇게 위로의 문을 연다.

차례

힘들면
다시 와요.

76

New Game
McDonald's

안부를 묻습니다

요즘은 어떻게 지내세요?

어디 몸은 아프지는 않고요? 밥은 잘 먹어요?

취미나 문화생활은 좀 하고 있어요?

요즘 하시는 일은 어때요?

걱정거리는 줄었나요?

혹시 매일같이 술만 드시지는 않나요?

요즘 건강은요?

누군가 내게 물어줬으면 하는 말.

나를 염려해주는 이 하나 없던 어느 밤,

나는 대신 당신의 안부를 묻는다.

괜찮느냐고.

외롭진 않으냐고.

더 좋아질 거라고.

그러니 오늘은 마음 편히 쉬어도 된다고.

한 살이 무겁다

애써 참아냈던 적이 있었다.

그렇게 꿋꿋하게 버텨내었던 적도 있었다.

매일 감정을 다 풀어내지 못한 채.

삶은 가볍다.

다만 욕심이 무겁다.

그래서 하루가 길면서도 짧다.

.

.

.

.

그렇게 낮과 밤이 오가는 것 같다.

어느 날 눈을 떠 보니 나는 아파하고 있었다.
이토록 아프려고 어른이 되려던 게 아니었는데,
난 아파하고 있었다.

그렇게 난 점점 아픈 어른이 되어가고 있었다.

아무렇지 않게 사는 것 같지만 사실 난 아프다

우리 주위에는 아픈 친구들이 몇 있다. 그들은 자신이 아프다는 사실은 구태여 말하지 않는다. 친구라고 모든 걸 다 말할 수는 없고 가족에게도 내가 어떠한지 왜 그런지 털어놓지 않는다.
우리에게도 이런 미묘한 무거움이 조금씩 있다.
그래서 알 수 있는 것이다. 그러한 사람들이 분명 우리 주위에 있을 거라고.

그러니 아무렇지 않게 사는 것 같지만 그에게서 아픔이 느껴진다면 어떤 말이라도 좋으니 작지만 따뜻한 말 한 마디를 전해주려 한다. 그 어떤 말이라도…. 때로는 말없이 그저 조용히 곁에 있어주기도 하지만, 오늘은, 오늘만큼은 한 발자국 더 가까이 다가가보려 한다. 분명 그들에게 힘이 되고 작은 위로가 될 테니까.
나도 당신과 함께 마음의 온기를 나누고 싶으니까.

친구는 웃어주는 것.

가족은 지켜주는 것.

동료는 나누는 것.

나는 이 말을 기억하고 산다.

누구에게나
그만의 미덕이 있다

산다는 게 이렇게 힘들 줄 알았다면 조금 더 열심히 살걸 그랬다. 그랬다면 지금보다는 사는 게 조금은 더 수월했을지도 모른다. 그저 한탄해보는 것이다.

이미 지나가버린 것들에 말을 걸어 무엇을 할까.
어둠이 깊다. 오늘 밤 내 술자리에 찾아온 친구의 이름은 슬픔이다.

그래, 시간은 이미 지나갔고, 내 모습은 이미 어떤 형태로든 그려져 있다.
오늘도 희망이라는 단어를 품고 열심히 살아낸다. 그렇게 언젠가는 괜찮아지겠지, 라는 말도 더한다.

나라는 형태를 조금 더 잘 그려내고 싶을 뿐이다.
그저 그뿐이었다.

희망을 갖고. 잘될 거라는.

낙엽을 밟으며
나리는 눈을 바라보며

조금 더디고 느려도
조금 모자라게 살아도 괜찮은 거잖아요.
부족함에서 우리는 더 많은 것을 배우고
나약함에서 더 강함을 느끼잖아요.

우리 조금만 느리게 걸어봐요.

봄에는 꽃을 보고
여름에는 잠시 바다를 보고
가을에는 낙엽 위를 걸으며
겨울에는 눈을 보며 조금만 느리게 살아봐요.

전 당신이 그렇게 살았으면 좋겠어요.
이제는 당신이 그렇게 살아도 되는 시간이니까요.

지겨운 말들 이제는 싫어

책이나 SNS에서 여러 사람들의 손가락을 타고 오고가는 말들.

"걱정하지 마라.
언젠가는 잘될 거야.
마음을 비우세요. 욕심도 버리세요. 그러면 괜찮아질 거예요."

이제는 이런 말들이 너무나도 지겹다. 와 닿지가 않는다. 사람인데 어떻게 걱정을 안 하고 살 수가 있을까? 슬픔, 눈물, 상처를 비워내고 살 수가 있을까? 어떻게 매번 옳은 길을 선택하고 어떤 게 답인지 알 수가 있단 말인가?

감정, 눈물, 행복, 반복, 믿음, 배신, 경험, 추억, 이별, 사랑, 고백, 미래, 걱정, 성적, 취직, 돈, 명예, 결혼 등

등… 생각하기만 해도 버겁다. 하지만 내가 살고 있는 인생이라는 게, 내가 발을 딛고 있는 현실이라는 게 그렇다. 이 모든 게 삶의 조각이다. 좋든 나쁘든….

모든 것이 내가 더 기쁘고 좋아지기 위한 순간들의 연습이라 여긴다. 어떤 조각이든 쌓이면 길이 된다. 어떤 것은 삶이 그럴 듯해지는 지름길이 되어주기도 할 것이다. 나쁘지 않다.
그러니 이제는 받아들이며 살아도 되는 것 같다.
아등바등 사는 것도 지금의 내가 사는 방식이라고.

힘듦 주의보

회사에서 일을 하다 보면 힘든 순간들이 너무나도 많다. 아침부터 시비 걸어오는 사람, 쉬는 시간에 트집 잡고 일 시키는 사람, 이것저것 눈치를 주며 퇴근 늦게 시키는 사람, 내 일도 아닌데 직장 상사라고 자기 일 시키는 사람, 자신은 손도 안 움직이면서 이거 해라 저거 해라 명령만 하는 사람.

욕설은 기본이고 예의는 눈곱만치도 없고…. 그렇게 길고긴 하루 끝에 일찍 집에 들어가서 쉬고 싶은데 갑자기 회식 잡는 사람. 이럴 땐 정말 싫고 힘들다.

나는 분명 일을 하러 왔는데 매일 사람 때문에 지쳐만 가고 있다. 그래서 어쩔 땐 지금이라도 당장 사표를 던지고 그만두고 싶지만 취직이 그렇게 어렵다는데, 마땅히 갈 곳도 없으니 오늘도 무심하려 노력하고 참으며 일을 한다. 그렇게 긴 사투를 벌이고 집에 가려 가방을 챙길 때쯤이면 마음속으로 다짐하듯 흘러나오는 한마디가 있다.

언젠가는 이곳을 나가리라.

그땐 나를 괴롭힌 너희들에게 당당하게 말하리라. 나 좀 이제 그만 힘들게 하라고. 그러니 지금은 조금만 더 참자. 아무튼 긴 하루를 마무리 하는 시점에 나에게 하는 위로의 인사로 오늘의 끝을 맺어본다.
아~ 끝났다. 오늘 하루도. 정말 수고 많이 했어.

내일도 힘 좀 내주라. 집에 가자.

마음은 방황 중
눈물은 참는 중

이별에만 방황과 눈물이 있을까?

살면서 가장 억울한 것들 중에 하나가 내가 잘못을 하지 않았는데, 고의로든 어떻든 그것이 내 잘못이 되는 일인 것 같다. 그 때문에 우리들 중에 누군가는 오늘도 아파하고 있다.

가끔 내가 상처 주는 사람이 된다. 우리는 언제나 정직하고 따뜻하고 인정받는 사람이 되려 하지만, 내 마음 같지 않게 상황이 나를 몰아세울 때가 있다. 어떻게든 이 상황과 책임에서 벗어나고 싶고, 그럴 때면 아무래도 유혹에 빠지게 된다. 조금은 비겁한 마음이 들 수 있는 것이다.

안다. 당신도, 나도 정직하고 세상에 착한 사람이 되고 싶은 것.

마음을 단단히 가꿔나가자.
어떤 상황이 되어도 나답게 넘길 수 있는
그런 사람이 되도록.
우리, 지금도 어른이 되는 중이니까.

짧은
생각

살다 보면 그런 것도 있더라.

싫은 게 아니라, 지쳐서 더 이상 하기 싫은 것들.

나는 점점 계절을 잃어만 가고 있다.

어느 계절에서 울었는지

어느 계절에서 시작을 했는지.

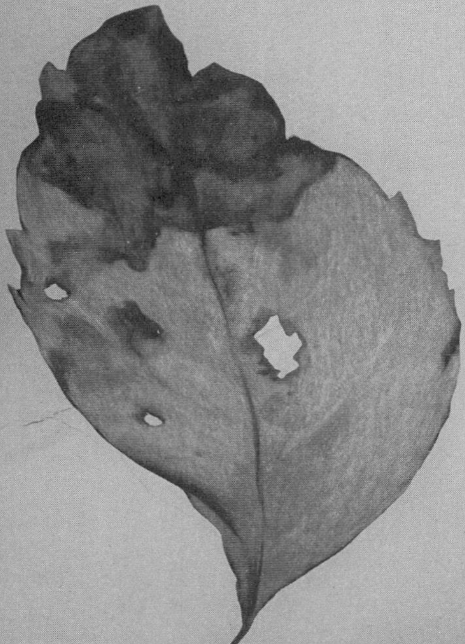

어느 계절을 가장 좋아했는지.

어느 계절이 나에게 웃어줬는지.

어느 계절이 나를 다독여줬는지.

어느 계절이 가장 많이 아팠는지.

어느 계절에 사랑을 했는지.

어느 계절에 이별을 알았는지.

미안하게도 나의 계절을

점점 잃어만 가고 있다.

각자의 삶,
그 의미를 위해서

나는 돈을 좇아 살지 않는다.
그렇다고 꿈을 위해 사는 것도 아니다.

단지, 순간순간 하고 싶은 것들을 생각하며 오늘도 열심히 한 걸음, 한 걸음씩 걸어볼 뿐이다. 그렇게 살다 보면 정말 나만의 어떤 것이 잘 만들어져서 지금의 아픔마저도 결국엔 행복한 기억이 될 것만 같아서.

자기계발서에 나오는 동기 부여의 말들이 가끔 내게 힘이 될 때가 있다.
"삶의 의미를 만들라!"

오늘도 밤공기를 들이마시며 묻는다.
내 삶의 의미에 만족하는가?

각자의 삶에 나만의 의미가 좀 더 스며들었으면 좋겠다.

깊은 곳에 숨겨둔
우리 이야기

오늘따라 예전 그 일이 떠올라 서글퍼지네요.

살기 싫을 정도로 부끄럽고 서글퍼졌어요. 언제나 그랬듯이 나쁜 기억은 오래가고 좋은 기억은 금방 끝나버리니까요.

.

.

.

힘들고 아프고 애틋했을 때의 기억이 조용히 몸을 숨기고 있다가 멀리서 들려오는 메아리처럼 아득히 울려 퍼지기도 할 거예요.

말 못할 그 스토리는 더 이상 나쁜 기억이 아니라 그냥 지나간 시간에 대한 추억이 되었을 거예요. 당신은 추억도 있는 제대로 된 삶을 지나온 셈이죠.
그러니 자책하지도 말고 너무 슬퍼하지도 마세요.

아름답다.

고맙다.

정말 좋다.

즐겁다.

행복하다. 이런 말들이 많아야 하는데….

미안하다.

그립다.

아프다.

괜찮다.

외롭다.

지친다.

이런 말들이 넘쳐나서 흘러 다니고 있다.

여유 있는
사람이 되고 싶다

전 어릴 적 그런 꿈을 꾼 적이 있어요. 가지고 싶은 사람 말이에요. 요술램프처럼 뭐든지 부탁하면 소원을 들어주고 문제를 해결해주는 해결사 같은 존재 말이에요. 그렇게 어린 나이에 저는 정말 그런 해결사를 원했어요. 하지만 그건 꿈으로 만족할 수밖에 없었어요.
그런 존재는 없다는 걸 알아버렸거든요. 그냥 어린 시절의 동화 같은 이야기였어요. 하지만 이건 확실히 알겠더라구요.

시간이 지날수록 오히려 제가 지켜주고 싶은 사람들이 더 많아졌어요. 전 이제 제가 바랐던 어린 시절의 소망을 모두 흘려보내고 내 가족, 내 사랑, 내 친구 모두를 지켜주는 사람이 되고 싶어요. 이제부터는 제가 해결사가 되기로 했어요.

이제는 좀 강해진 것 같아요.

다른 누군가도 돌아볼 수 있는 여유가 생긴 것도 같고요. 덩달아 내 주위 사람들도 행복해졌네요. 나도 행복합니다. 행복을 전한 사람이 된 것 같아서요.

아버지 마음을 느끼다

힘겹게 출근을 하고 퇴근을 하던 어느 저녁,
아버지의 마음을 느낀 적이 있었다.
우리 아버지는 어떻게 나를 지금까지 키우셨던 것일까?
나는 시작도 하기 전에 겁에 질려 떨고 있는데
그렇게 매일이 지치고 어렵기만 한데
그래서 오늘은 아버지 생각이 가득한데….

살아가는 게 왜 이리도 힘이 드는 걸까?
간격은 전혀 좁혀지지 않고 자꾸만 멀어져서
나도 우리 아버지처럼 술잔을 기울이는구나.

말 못하고
속앓이만 하는 오늘

할 말이 있어도 할 수가 없다.
오늘도 할 말과 못할 말을 속으로 걸러내고 있다.

지고 있는 게 아니다.
우리 모두가 그러하듯이 나도 똑같이 누군가처럼 침묵으로 답을 하고 있을 뿐이다. 그게 맞는 거니까. 괜히 말을 더 많이 하면 할수록 오히려 점점 다치고 상처받는 건 내가 되어버린 세상이니까.

마땅한 친절

사람들이 차갑다. 그들이 베푼 친절조차 차갑다.
내가 어릴 때 본 것은 분명히 친절함이었는데 이렇게 크니까 나 역시도 남들과 그다지 다를 것 없이 친절함을 연기하고 있는 것 같다.

마땅히 있어야 할 친절들이 너무나도 많이 사라진 걸까? 아니면 나도 어른이 되어 세상을 바꿔버린 사람 중 하나가 된 걸까?

야속한 마음에 내게 말을 걸어본다.
만약에 내가 변한 것이라면 다시 돌아와달라고
나는 아직 누군가와 이야기하고 나누고 도와주며 사랑하고 그렇게 살고 싶다고.

그렇게 차가워진 나에게 다시 말을 걸어본다.

나는
너에게 뭐니?

서슴없이 연락처를 물어본다.
아는 친구도 회사의 동료들도
우연히 만난 여러 사람들도.
내게 호의를 담은 관심을 보인 걸까?
아니면 그저 적당한 처세인 걸까?
아니면 예의상 물어봤을까?
도대체 무엇을 의미하는 것일까?
그렇게 요즘 나에게 연락처를 묻는 사람들의
마음이 궁금해진다.

연락처는 왜 물어요?
관심 있으세요?
나 좋아해요?
우리 친해질래요?
우리 저녁 먹을래요?
우리 뭐예요?

어느
사연 중에서

"해가 지면 돌아온다던 아버지는 돌아오지 않았어요.
그렇게 그날 저녁 밤이 마지막이 될 줄은 정말 몰랐어요."

그는 엄청난 후회 속에 울고 울며 많은 나날들을 혼자서 보낸 적이 있댔어요. 그리고 그 사람이 다시 저에게 이렇게 말을 해요.

"사람의 일은 아무도 모르는 거지요. 그렇게 귀가 닳도록 들으면서 곧잘 잊어버리는 말이에요. 정말 소중한 사람이 있다면 곁에 있을 때 조금 더 잘해줘야겠다고 곱씹고, 또 다짐해요. 가족이든, 인연이든, 회사 동료든 그 무엇이든 어쨌든 늘 곁에 있던 사람이 보이지 않으면 서운해지고 찾게 되고, 찾다가 못 찾으면 괜히 서글퍼지고 왠지 아파오는 건 나 자신이니까."

우리 언제
한번 나중에

매일 지키지도 못할 약속을 하고 있지는 않을까? 그렇게 지키지도 못할 약속들을 몇 번이나 했을까?

그래, 언제 만나서 밥 한번 먹자.
그래, 언제 만나서 커피 한잔 하자.
그래, 언제 만나서 우리 여행 한번 가자.
그래, 언제 만나서 우리 술 한잔 하자.
그래, 우리 이제 자주 연락하자.
그래, 언제 시간 한번 맞춰보자.
그래, 전화번호는 뭐였니?

"언제, 한번."의 답은 "그래, 알았어."이다. 약속도 약속 아닌 것도 아닌 대답. 그렇게 사랑에게도 친구에게도 가족에게도 그냥 어설픈 사람이 되었는지도 모르겠다.

오늘,
깊은 낮과 밤

셀 수 없을 만큼 수없이 흘려보낸 낮과 밤. 그중에 왠지 버려진 것 같다는 느낌이 드는 낮과 밤이 있다. 오늘이 그랬다.

내가 버린 걸까?
아니면 버림받은 걸까?

같은 생각은 반복되고 또 반복된다. 그날 하루는 풀리지 않는 숙제를 붙들고 놓지 못하는 것처럼 그렇게 생각이 깊어져만 갔다.

버티는 하루가 왜 이리도 길고 힘든지….
순간을 살고 다음 날이면
또 새로운 하루는 사는 동물이 더 행복해 보인다.
버티기만 하는 삶을 살고 있는 것 같아서
정말 서운하고 미워지고 싫어진다.

나 같지 않은 것들이 어색해서

받아들이고 싶지도 않아도 받아들여야 할 때가 있었다. 그렇게 매번 하기 싫은 것, 받아들이고 싶지 않은 것 들이 다가올 때면 표정 관리도 잘 안 됐다.

살아남으려면 싫어도 좋은 척, 아니어도 괜찮은 척 숨길 줄도 알고 표정 관리도 할 줄도 알아야 한다는데, 그건 내 모습이 아닌 것 같아 어색하고 정말 어렵기만 했다.

나도 그렇게 착한 게 아닌데, 이 모든 것이 왜 나한테만 어려운 것처럼 느껴질까?

내게만 어려운 이야기가 아니길 바라는 마음.

아직은 미완성에 가깝고 끝이 먼 이야기

우리는 아이로서 너무 컸고 그렇다고 어른이라 하기에는 너무나 작은 "대학생".

모든 과정을 겪었다고 느꼈고 그렇게 사회 안과 밖으로 뛰어들었지만 그래도 부족하다고 느끼는 우리는 "사회초년생".

10년이라는 시간이 흘러 어느덧 사회 속에서 여러 경험도 쌓이고 연애도 하면서 사랑을 나누고 결혼이라는 것을 준비해 이제는 어느덧 아이까지 있는 우리는 "부모님".

그러나 아직은 미완성에 가깝고
끝이 먼 이야기 같은 우리들의 이야기.

출근 길

달갑지 않은 새벽. 나는 눈을 뜬다.
그러곤 곧장 씻으러 화장실로 향한다.
예전 같으면 엄마가 아침 일찍부터 왜 그렇게 어딜 가냐고 묻는 그날이 그리워진다.
그때는 학생이었으니까.
왜라는 단어가 어울렸다.

그러나 이제는 잘 다녀와, 라는 인사만 등뒤에 남는다.
그렇게 나는 오늘도 출근을 한다.
이 새벽 공기를 마시며….

집에서 나와 몇 분 걸었을 뿐인데 벌써부터 싫어진다.
"빨리 회사 가야지."보다는 "오늘 하루는 어떻게 버티지."라는 생각부터 떠오른다.

오늘은 제발 아무 일 없어라.

속으로 주문을 외면서 출근하는 중이다.

회사에 도착하고 나서는 부랴부랴 아침부터 해결을 한다. 때로는 커피 한 잔, 때로는 편의점에서 사온 샌드위치 하나. 매일 아침의 내 전투식량이다.
그렇게 숨가쁘게 아침 식사를 마친 후 나는 내게 배정된 역할로 돌아간다.
일하는 기계 그리고 웃어주는 기계.

세상은 좋아졌지만 나는 지쳐만 간다.

퇴근 시간이 다 되어갈 때쯤 이리저리 눈치를 보며 집에 갈 준비를 한다. 그 와중에 누군가와 눈이라도 마주치면 몸이 굳어버린다. "아직 종이 울리지 않았는데 벌써부터 준비를 해?" 이런 소리가 귓가에 맴도는 것 같아 나는 다시 긴장하고 만다.

그렇게 겨우 퇴근을 하고 집으로 가는 길 힘든 하루의 끝에서 나는 다시 한 번 생각한다. 우리 부모님, 얼마나 힘드셨을까?
정말이지 어른이 된다는 것 그리고 부모가 된다는 건 어려운 일인 것 같다. 지금 내 몸 하나 어쩌지 못하고 있는 내가 그저 초라하게 여겨질 뿐이다.

그러나 나는 다시 웃는다. 누군가가 왜냐고 묻는다면 이렇게 답할 것이다.
울어서는 아무것도 될 일이 없으니까.

멍하니
있는 시간

가끔은 멍을 때리는 시간도 좋은 것 같아요. TV에 나오는 뉴스나 잡지에 나오는 과학적인 설명에서는 뇌세포가 죽는다고 하지 말라고 하는데 전 그래도 좋은 것 같아요. 가끔이지만 아무 생각 없이 멍하니 있을 때는 제 자신이 정말 편안해지기도 하고 걱정거리도 없어지거든요.

더욱이 요즘같이 갑갑하고 바쁘게만 돌아가는 날들이라면 단 10분이라도 꼭 필요한 시간인 것 같아요. 그러나 나쁘다는 것을 자주 할 필요는 없겠죠.

아주 가끔은 내 생각에 편안함을 제공해주세요.

그렇잖아요. 모든 규칙을 다 지키며 살아갈 수 있다는 건 어쩌면 로봇 같다는 생각이 문득 들었어요. 그러니까. 때로는 내가 편안한 대로 생각하며 행하며 사는 것도 중요하지 않을까요? 그래야 내일을 말하고 다시 웃을 수도 있지 않을까요?

어린 시절의 나는 어떤 사람이었나요?
혹시 나를 기억하는 사람이 있다면 말해주세요.

나는 어른이 되었는데 나는 어떤 어른인가요?
혹시 나에게 솔직하게 말해줄 사람이 있나요?

지금의 나는 어떤 모습인가요?

괜찮기는 한가요?

울고 있지는 않나요?

혼자이진 않나요?

그렇게

혹시 제대로 된 내 모습이 보인다면 말해줄래요?

생각은 많지만
말할 수 없는 ______________________

걱정도 하루 이틀이지 매일같이 걱정만 하다 이미 찢어지고 찢어져 너덜너덜해진 내 마음도 이제 끝이다.
과연 누가 알긴 알까?
내가 이렇게 발버둥을 치고 살아가고 있다는 걸 말이다.

모든 걸 다 표현할 수가 없다지만
몇 명에게나마 보여주며 사는 것만으로는 괜찮아질까?
내가 하는 투정이 찢어지고 찢어져 너덜너덜해진 마음으로 하는 이야기일지라도 들어줄 수 있을까? 혹시 싫어하지는 않을까?
아니면 지금처럼 매일같이 입을 닫고 상처를 입고 사는 게 맞는 걸까? 생각은 많지만 뭐가 어떻게 된 생각인지도 모르겠고, 그렇게 수없이 많은 감정을 느꼈지만 아직도 솟구치는 것이 많아 오늘도 많은 것을 속으로만 이야기를 하고 있다.

묻
다

가는 길에 묻는다.

걸어가는 길에 묻는다.

오늘 밤 걸어가는 길에 묻는다.

어두워진 오늘 밤 걸어가는 길에 묻는다.

혼자서 어두워진 오늘 밤 걸어가는 길에 묻는다.

매일 혼자서 어두워진 오늘 밤 걸어가는 길에 묻는다.

누군가는 학교를 마치고,

누군가는 회사를 퇴근하고,

누군가는 아르바이트를 마치고,

누군가는 학원을 끝내고,

누군가는 친구와 헤어지고,

나는 매일 혼자서 어두워진 오늘 밤을 걸어가는 길에 묻는다.

당신은 괜찮은가요? 어떤가요?

위로 없는 밤에 대하여

차가워진 말.

그렇게 어두워진 얼굴.

점점 깊숙히 들어만 가는 마음.

오늘도 뒷걸음질로 마무리하는 하루.

하루의 시작과 끝은 언제나 나만의 종착점인 집으로.

그렇게 잠이 들기 전 마지막 메시지는 늘 위로 없는 잘 자.

우리는 홀로 슬피 우는 새가 아닐까?

언젠가
이 슬픔이 닳고 닳기를

안 되는 것을 억지로 생각할 필요가 있나?
그냥 안 되는가 보다 생각하고 말아야지.
막 짜깁기라도 해서 이유를 만들면 편안은 해질까?
오히려 생각과 욕심과 고민만 늘어나고
그러면 나만 힘들어질 텐데.

그럴 땐 그냥 가볍게 넘겨버려야지.
바위도 언젠가는 파도에
쓸리고 쓸려 부서지는 날이 오니까.

그런 날을 기다려봐야지.
기회도 오겠지.
잠시 더 좋은 날을 위해 오늘을 포기하고 내일을 준비하는 것이니까. 그러니까 차근차근 다시 가면 되는 거지.

힘내요. 우리.

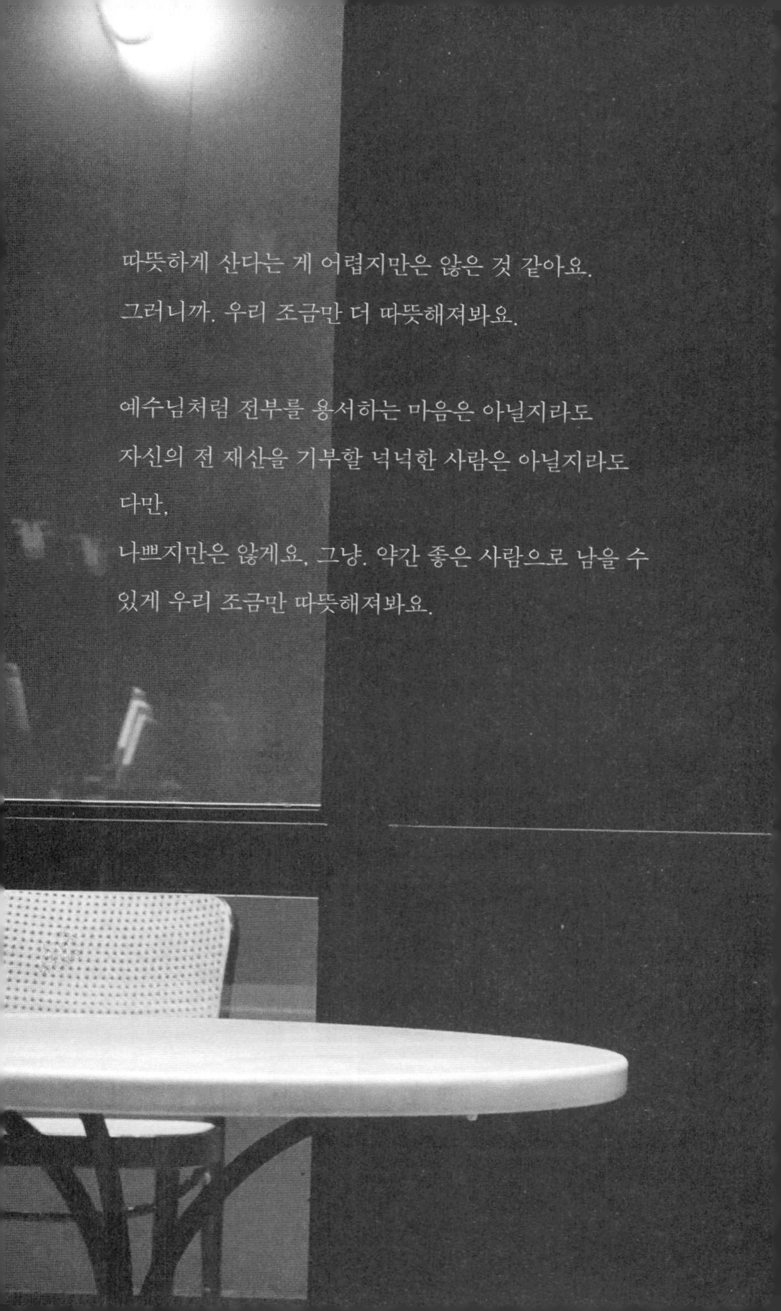

따뜻하게 산다는 게 어렵지만은 않은 것 같아요.
그러니까. 우리 조금만 더 따뜻해져봐요.

예수님처럼 전부를 용서하는 마음은 아닐지라도
자신의 전 재산을 기부할 넉넉한 사람은 아닐지라도
다만,
나쁘지만은 않게요, 그냥. 약간 좋은 사람으로 남을 수 있게 우리 조금만 따뜻해져봐요.

그 정도는 충분히 할 수 있잖아요.

너도 좋고 나도 좋고 그러면 세상도 좋아지고

좋잖아요.

계절은 뚜렷한데
내 마음이 흐릿할 때

여름에는 덥고 겨울에는 춥고 계절은 뚜렷한데 내 마음은 모르겠고 생각도 많아지고 언제까지 이렇게 살아야 하나 고민일 거예요.
하지만 괜찮아요.
어떻게 받아들일지 잘 모르겠지만 이게 우리가 사는 이유라면 이유라는 생각도 들거든요. 그러니까 괜찮게 잘 살아가고 있는 겁니다.

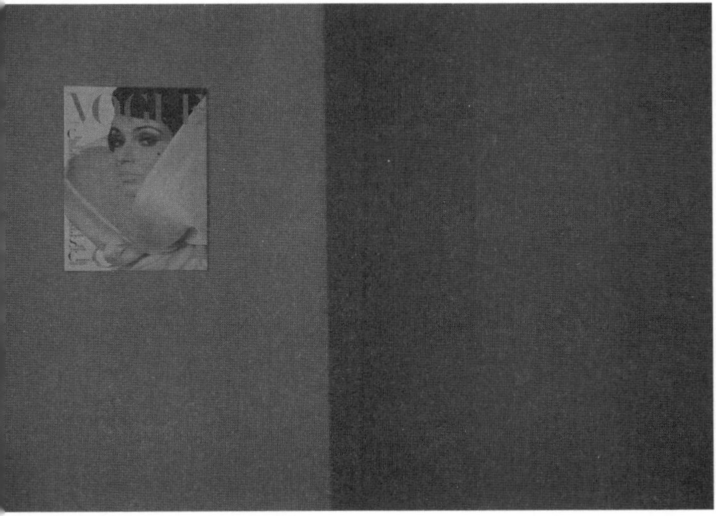
VOGUE

별것도 아닌데 엄마에게 화를 냈어

— 엄마, 내 양말은 어디 있어? 엄마, 내가 말한 옷은 빨아놨어? 안 보이는데 어디다 놔뒀어? 엄마, 나 시간 없어, 빨리 가야 해.

— 아들 미안해, 엄마가 모르고 옷을 안 빨아놨어. 저녁에 빨아놓을 테니까. 오늘만 다른 거 입고 가. 미안해.

— 아씨! 내가 꼭 부탁했잖아. 내일 꼭 그 옷 입어야 된다고!! 아 정말. 왜 그래?

그렇게 엄마에게 화를 냈었던 적이 있었다. 지금 생각해보면 정말 별거 아닌 일인데, 없으면 다른 옷을 입고 가면 되는 일이었는데 그때는 왜 그렇게 짜증을 부리고 소중한 어머니에게 화를 냈었던 것일까? 그렇게 시간이 지나고 나니 이제는 정말 미안한 감정만 남아 있다.

정말 별것도 아닌 일인데….
그 상황들을 기억하고 떠올렸을 때 정말 후회와 죄송함만 남지 않는지…. 지금도 그럴 때가 있다면, 이젠 좀 더 내려놓고 너그러워져야 하지 않나 생각하곤 한다. 소중한 사람이니까. 더 사랑하고 아껴줘야 할 사람이니까.

언젠가는 나보다 앞서 떠나 보내게 될 사람들. 오늘 밤엔 표현하기로 했다. 부끄러움을 무릅쓰고. 나의 어머니, 아버지 미안하고 사랑하고 늘 감사드립니다, 라고.

조용해진 집. 나는 가만히 있을 수밖에 없었다.

조용히 음악을 틀어 소리로 공간을 채웠다.

나는 애써 잠을 청했다.

그저 오늘밤이 빨리 지나가기를 바라면서 그렇게.

.

.

.

.

마음이 조용히 울고 있었다.
곁에 있는 친구라고는 음악뿐이었다.
잠은 자기 싫은데 빨리 눈을 감고 말았다.
오늘 밤이 싫었으니까.

"조용해진 집에서 음악을 듣는 내가."
"아무도 불러주지 않는 이 밤이."
"차라리 누군가 부르지 않았으면 하는 이 마음이."

조금 더 드러내기

겉과 속이 다른 사람은

언젠가 되돌려받게 되어 있더라.

표현을 하지 않으면 늘

외롭게 되어 있더라.

아무도 모르니까.

괜찮아요. 잘하고 있는 거예요.

슬슬 잠이 온다는 건 내가 피곤하다는 거죠. 그러면 하던 일도 잠시 멈추고 잠에 드세요. 쉬어가면서 해요.
끌려 다니다 보면 언젠가 길을 잃거든요.
어떠한 상황에서도 나에게 감사하다는 말도
잊지 말아요. 길을 잃지 않으려고 애쓰고 있잖아요.

"대화"

할 이야기가 그토록 많고 많은데 하지 못한다.

"단절"

숨기다 보니 점점 간격이 넓어져서 단절이 되었다.

"생각"

하루에도 너무나 많은 생각들이 나를 집어삼킨다.

"익숙함"

이렇게 지내온 시간들이 이제는 익숙한 듯 나는 괜찮아,

라는 말만 반복하더라.

"아니"

잘못된 것을 고치지도 못하고 아닌 건 아니라고 말도 못

하고 나에게는 너무나 어려운 단어.

"사치"

나에게는 늘 사치에 불과하더라. 지금 이 순간마저도.

"변화"

다른 사람들의 이야기 같다. 내게는 힘든 것.

"사랑"

이제는 하고 싶어도 못하는 것일까?

"결혼"

어쩌면 할 수가 없는 것.

그렇게 필요가 없는 것.

"일"

평생을 해도 늘 모자라는 것.

"꿈"

현실을 잘 산다지만 남의 이야기인 것.

"희망"

왠지 가지면 가질수록 지치는 것.

"한숨"

말할 수 없는 이야기들. 말해봐야 소용없는 것들.

So I CAN
KISS
you anytime
I want

So I CAN
KISS
you anytime
I want

야구
선수처럼

야구 선수는 야구만 하는 것 같죠? 공만 잘 던지고 공만 잘 치는 것 같죠? 아니에요. 야구 선수들이 얼마나 많이 생각을 하고 연습을 하고 또 하고 매번 얼마나 큰 집중력을 쏟아부으며 경기를 치르는데요. 야구는 몸만 움직인다고 되는 운동이 아니에요. 몸이 시키는 대로 감각을 따르는 것도 한계가 있잖아요.

난 열심히 했는데, 상황이 원하는 대로 돌아가지 않아 힘들고 지칠 때, 모든 것이 너무나도 어렵게 느껴질 거예요. 야구 선수들도 죽어라 노력을 해서 경기에 임하지만 노력한 만큼 실력 발휘가 잘 안 될 때는 이렇게 생각하며 경기에 임한다고 해요.

"경기가 잘 안 풀릴 때는 생각을 비우고 공만 바라본다. 아무 생각 없이 야구의 룰처럼 치고받는 것만 생각한다."

무언가 잘 안 풀릴 때는 야구 선수들처럼 치고받는 것만 생각하세요. 막상 공을 잘 못 던지고 잘 못 쳐도 내가 나의 라운드 위에서 최선을 다했다는 마음이 제일 중요해요.
그러니까 앞으로 수많은 복잡한 일들이 생긴다고 해도 너무 고민하지 말고 두려워하지 말고 그 문제에 대해서 야구 선수들처럼 치고받는 겁니다.

지나간 시간들

가장 두려운 것이 뭘까요?

아마 수많은 생각이 떠오를 거예요. 각자의 답이 있겠죠. 저는 그래요. 내가 그때 하지 못한 것들이라고. 늘 해야지. 해야지 미루다가 결국 지나쳐버린 순간들과 시간들이라고. 왜 미처 그때는 하지 못하고 지금 이제야 후회를 하는지…. 또다시 생각합니다.

지금 할까?

너무 늦은 걸까?

왜 그렇게 겁에 질려 있었는지 정말 바보 같아요. 어차피 시간이 지나면 어떻게 하는 게 나을지 뻔히 답이 나오는 일이었어요. 알면서 안 했다는 데에 스스로도 한심해집니다.

지난 시간을 돌이킬 수는 없네요. 후회란 그런 거니까요.

나는 괜찮은 삶을 살고 있을까?

계획 없이 꿈 없이 '오늘은 뭐하지?'라는 말이 하루의 첫인사인…. 삶의 한 방식이 아니라 시간을 죽이는 데 바쁜 그런 날들.

나는 그런 시간이 아깝다.
어쨌거나 나의 삶의 방식은 아니다.

나는 내가 사는 삶에 책임을 느낄 때가 있다.
목표를 세울 것.
계획을 짤 것.
미래를 그릴 것.
끊임없이 나를 움직이며 분주하게 살 것.
쉬는 날은 앞으로 움직일 시간을 위한 충전의 시간으로 여길 것.

그렇게 목표와 계획을 세우고 미래를 꿈꿨을 때 비로소 인생의 여러 고비를 이겨낼 수 있는 힘도 길러진다고 믿기에…. 인생의 여러 시기 중에 지금은 바쁘게 살아야 할 때인 듯한 기분이 든다. 그리고 이 힘이 나에게만 그치게 하지 않는 것이 내가 늘 다짐하는 일이다. 나도 웃고, 너도 웃고, 모두가 웃을 수 있게.

가족은 물론 누군가의 친구로서, 형, 동생, 언니, 누나 오빠로서 괜찮은 삶을 살고 싶다.

내가 늘 분주히 사는 건 언젠가는 내가 그들의 긍지가 되었으면 하는 바람에서….
그뿐이다.

오늘부터 표현하기

생각지도 못하게 가끔씩 나를 찾는 사람에게 먼저 연락하세요. 당신이 좋아서 연락을 하는 걸 테니까요.

그렇잖아요.
우리는 필요없으면 연락을 잘 안 하고 어설프게 이어진 관계라면 더욱더 모르는 사이가 되어버리잖아요.
그런데도 그냥 아무 조건 없이 당신에게 먼저 연락한 사람이 있다면 의심하기보다는 먼저 헤아려주세요. 문득 나를 떠올려준 그 마음을요.

연락이란 그런 거예요.
마음을 표현을 하는 것이요.

지금은
보이지 않아도

나의 길을 꾸준히 가다 보면 결국 노력의 결과라는 단어를 만나게 될 거야. 그 결과가 언제나 좋으면 좋겠지만 늘 그런 날만 있는 게 아닌 걸 우리는 알아. 그런 날이 마침 내게 닥쳤을 뿐이야. 그러니 너무 실망하거나 슬퍼하지 않기를…. 늘 그래왔듯, 잠시 시간을 갖고 추스리고 내가 해야 할 일들에 집중하면 돼.

더 나은 곳으로 가고 있으니까.
지금은 잘 보이지 않지만 어느 날 주변을 둘러보면 알게 될 테니까.

괜찮아.

나만의 걸음걸이와
나만의 보폭으로

내 인생은 내 방식대로 나의 페이스대로 살아가야 맞아요. 누군가는 저 나이에 저만큼 갔는데, 라는 부러움이 생길 거예요. 당연합니다. 누구나 그런 마음이 조금이라도 있어요. 그러나 알잖아요. 그저 그 사람의 인생일 뿐이라는 거. 그러니 이렇다 저렇다 스스로 판단하며 고민해가며 재촉하며 나를 타이를 필요는 없는 거예요.

우리가 더딘 이유는 더 많은 감정과 경험으로 무장을 하고 나를 위한 더 좋은 곳으로 올려놓기 위한 것이니까요.

우리는 그렇게 살아야 해요

세상의 주인공이 되기는 어렵죠.

그래도 모두가 내 인생에서는

주인공이에요.

그러니 하고 싶은 것 하면서 사세요.

우리는 그렇게 살아야 해요.

누누이 말했다.

실패는 늘 곁에 있고

아픔도 늘 곁에 있고

기쁨은 늘 잠시뿐이라는 것을.

행복하게만 살 수는 없다.

그건 나만 행복해지고 싶다는 말과 다름없다.

내가 실패를 겪으면 누군가는 나를 보고 배울 테고

내가 아픔을 느끼면 누군가는 나를 위로할 테고

내가 웃고 행복하면 내 주위 사람들도 좋아할 테고….

삶은 서로 주고받는 행위의 연속이다.

행복도 잠시 슬픔도 잠시

모든 건 흘러 들어왔다 흘러 나가는 거니까.

가슴이 그렇게 하래
근데 입술은 그렇게 하지 못해

어느 날은 막 떨려서 안 되겠고 또 다른 날은 마음만 앞서고 또 어느 날은 입술마저도 얼어붙어 말을 안 들으니 정말 미칠 지경이야.

그런 날은 무언가에 쫓기듯 점점 나에게서도 멀어지는 기분이야.

그런데 그런 게 말이지, 정상이라고 그러더라.

그 상황들을 잘 이해하고 이겨내고 넘어가면 잘했다고 하더라.

잘했다는 소리를 듣기가 어렵잖아.

사실 그러면 뿌듯해지기도 하더라. 정말 내가 잘해낸 거 같아서.

그런데 말이야, 후회될 때가 있어.

그때 나답지 않게 한 일들이 못내 아쉬워서 뒤돌아보게 돼.

우리, 매 순간 그렇게 후회하고 돌아보고 지나갈 수는 없는 거잖아. 매번, 그렇게 정말 어렵더라.
그러니까 그중 어느 날은 까짓거 그냥 가슴이 시키는 대로 말하고 살아보자 싶더라구. 까짓거.

음… 정말 그렇게 살아도 되는 것 같아.

친구라는 게 너무 어렵다

아주 이기적인 친구와는 과감하게 관계를 정리했으면 좋겠어요.

그게 어렵다면 그냥 멀리하고 지냈으면 좋겠어요. 사람이 변한다는 건 거의 불가능에 가까우니까요.

10년 전에 그런 친구가 있었어요. 아주 오랜된 친구였고 그래서 아주 가까웠죠. 그런데 그 친구를 볼 때마다 참 기분이 묘했어요. 오래 알고 지냈지만 그 친구가 하는 행동들에 늘 마음이 불편했거든요. 그 친구의 모습은 대개 이기적으로 보였고, 양보하고 타협하는 미덕은 없어 보였어요. 말은 또 얼마나 직설적인지…. 말하는 스타일이 아니라 내용이 늘 마음에 걸렸죠. 그 때문에 상처받는 사람들이 많았거든요. 자기 상처에는 민감하게 반응하고 상처 주는 일에는 둔감한 면이 너무 불편했어요. 몇 번 얘기를 해도 변하지 않아 제가 내린 결론은 하나였어요. 아, 이 친구는 정말 나랑 안 맞는구나. 그래서 전 그냥 그 친구를 멀리하기 시작을 했고 점점 더 멀어져 이제는 안부조차 묻지 않는 사이가 되어버렸어요.
그렇게 10년이 지난 오늘에서야 그 친구를 봤는데 변한 것이 하나도 없었어요. 여전히 친구들 사이에서 이기적이고 욕심이 많은 녀석이라고 소문이 나 있었어요. 그리고 자기 돈을 쓸 때는 분명한 이득이나 목적이 필요한 녀석으로 나쁜 면이 더욱더 커져 있었어요. 분명 잘못된 부분은 친구로서 조언이나 고칠 수 있게 도와주는 것도 맞지요.
천성은 절대 변하지 않는다. 그때 저는 그렇게 생각했던 것 같아요. 사실 지금도 그 생각에는 변함이 없어요. '친구'라고 부르던 사람을 멀리한 제 선택이 어떻게 보일지 모르겠어요. 하지만 멀리하고 나니 알겠더라구요. 그때는 그게 정말 나를 위한 선택이었음을요. 사람의 나쁜 면을 먼저 보던 제가 좀 더 따뜻하고 너그럽게 행동하는 여유를 되찾았거든요.

나에게 잘 맞는 좋은 친구를 만난다는 선택이 존재해요. 언제나. 세상은 넓고 우린 혼자가 될 수 없는 곳에 있으니 당신이 외롭다면 마음을 열어 마음이 맞는 친구를 찾아 떠나보세요.

오랫동안 나와 안 맞는 친구를 "오래 알고 지냈다."는 말로 묶어두지 말 것. 좋은 친구를 만나야 좋은 사람들이 내 곁에 머문다는 것.

제가 얻은 인생의 교훈이에요.

다시 찾아온 생각

원래 사람은 자신보다 낮은 사람의 충고는 잘 안 들어. 그렇더라구. 자신의 노력으로 더 높은 위치를 붙잡은 사람이라면 더욱더 그렇게 되고 말지. 그런데 어쩌겠어. 사람마다 성격이 다르듯이 겸손도 다른 거니까.

그래도 서운한 건 어쩔 수 없어. 우리가 격없이 웃고 떠들던 그 소중한 시간이 마치 빛바랜 사진 같은 옛 기억이 된 것 같아서.

만남은 쉽지만

관계는 힘들다.

그렇기에 친구의 존재가 소중하다.

달라지리라는 믿음

내가 나를 믿지 않으면 아무것도 되는 게 없어.

나는 확신해.

그러니까. 나 자신을 먼저 믿어봐.

분명, 달라질 테니까.

절대 노력이
부족한 게 아니에요

노력을 해도 잘 안 된다면 노력이 부족한 게 아니라 나랑 잘 안 맞는 것일 수도 있잖아요. 그런데도 노력한 게 아까워 놓기 싫다면 지겨울 때까지, 정말 싫어질 때까지 해보면 돼요. 그렇게 지겹고 힘들고 지칠 때, 그때 다른 걸 해요. 더 잘할 수 있는 것을 찾아서 말이죠.

너무 자신을 몰아세우지 말아요.
당신 탓 아니니까요.

그만 울고 싶고

그만 지치고 싶고

그만 위로 받고 싶고

이제는 덧없이 웃고 싶다.

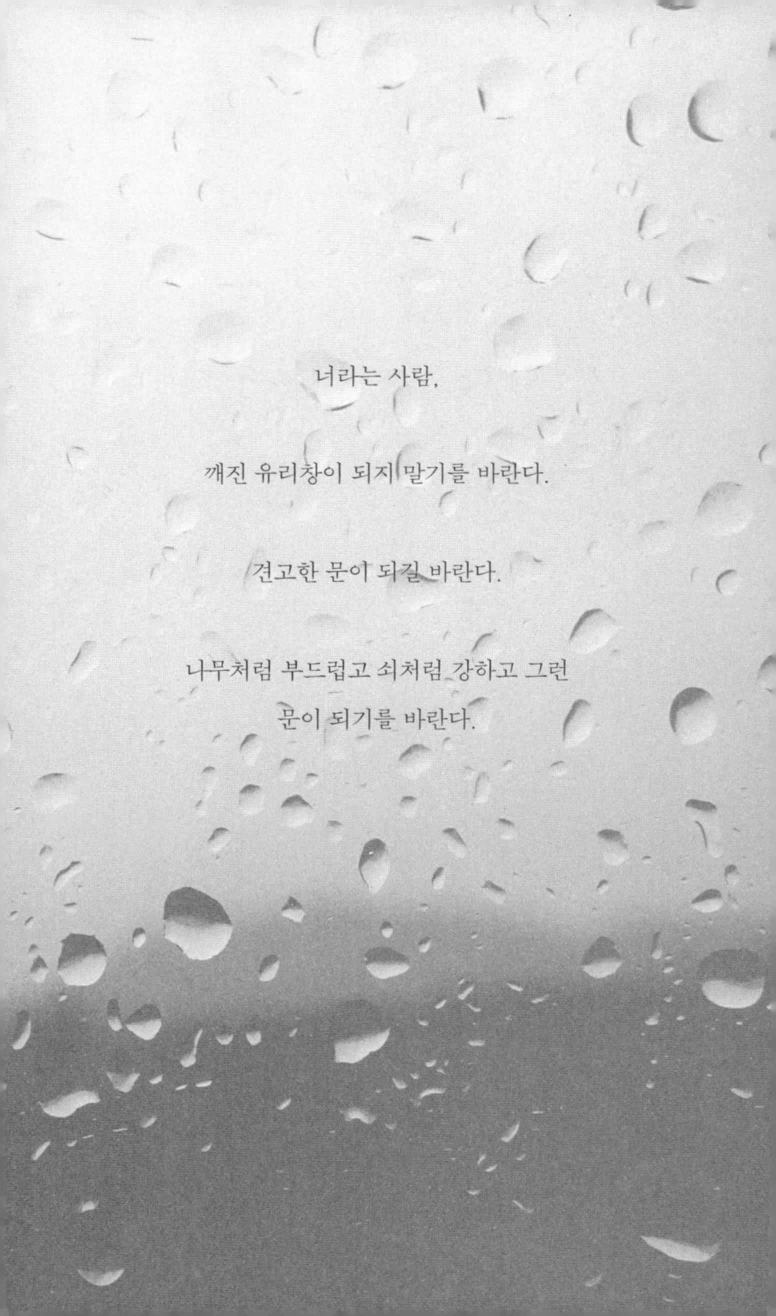

너라는 사람,

깨진 유리창이 되지 말기를 바란다.

견고한 문이 되길 바란다.

나무처럼 부드럽고 쇠처럼 강하고 그런
문이 되기를 바란다.

내 기억 속 가장 좋았던 나를 떠올리며

어느 순간 내 모습이 싫어지고 미워 보일 때가 있다. 그럴 때는 마음이 머무는 곳이 아니라 기억이 머무는 곳에서부터 다시 시작하곤 한다. 내가 가장 아름답고 좋았던 순간을 떠올리며 그때로 돌아가도록 힘껏 노력해보는 것이다. 그러면 어느새 싫었던 내가 점차 흐릿해지고 마음이 환해진다.

모든 건 나를 다시 찾아가는 과정이었다.

FAT ALBERT'S
FAT ALBERT'S
2F→
ATINUM
Asahi

잘되는 나를 바란다

젊은 나이에 성취한 화려함, 멋진 성공 그리고 누구에게나 주인공이고 싶은 바람들. 그렇게 외롭지 않은 하루의 시작과 끝. 우리들이 가지고 싶은 것들.

갖기 힘든 성공들, 내게 오지 않을 것 같은 기회들. 그래도 잘됐으면 좋겠다고 바라본다.
내가 가는 길에 그리고 어느 순간에 그리고 어떠한 시간 앞에 새 계절을 맞을 때마다 잘됐으면 좋겠다고 바라본다.
그렇게 늘 욕심을 내본다.

좋아하는 사람과 술 한잔

어제는 너무나도 바쁜 하루였다. 좋은 일이 있었는데, 동시에 하루 종일 이리저리 치이면서 몇 번을 왔다 갔다 했는지, 몸은 이미 피곤에 지치고 다리는 아프기만 했다. 고단하기도 하고 기쁘기도 한 마음이 뒤섞여 집에 가서 쉬어야지 생각하고 있었다. 그런데 버스를 타고 집으로 돌아가던 중 메시지를 하나 받았다. 오랜만에 밥을 먹자는 메시지였다.

나는 메시지를 보자마자 주저 없이 집이 아닌 약속 장소로 달려갔다. 오랜만에 만나서 그런지 엄청난 폭풍수다를 털어놓았다. 여러 가지 고민, 요즘 생긴 기쁜 일 그리고 앞으로 전개될 미래에 대한 희망과 삶에 대한 의지 등등을. 그렇게 술잔도 한 잔 두 잔 비우며 우리는 웃으면서 즐겁게 좋은 이야기를 계속해나갔다.

좋아하는 사람들과 함께 웃고 떠들고 맛있는 것을 먹으니 좀 더 어릴 때의 나로 돌아간 것 같았다.
어젯밤이 정말 좋았다. 기쁜 일에 마음이 흡족한 날이면 마냥 혼자 있기보단 좋은 사람들과 술 한잔 하는 것도 좋겠다.

행복은 우리가 무심코 흘려버린 사람에게서 다가오니까. 기쁨 역시 함께하면 더 커지게 마련이니까.

어떻게든
견디고 버텨보는 것

기회는 항상 함정이라는 가면을 쓰고 나타난다.
그러니, 당연히도, 그 앞에서는 조심스러워진다. “내게 이런 기회가 올 리 없어.” 하고.
기적은 그럴 때 일어난다. 내가 늘 선택했던
‘안전’이라는 길을 버리고 과감히 새로운 길을 택했을 때.
준비된 능력, 한 번쯤 더 고려하는 신중함, 보다 용기 있는 나. 기적을 이루는 세 가지 재료다.

순수를
고수하며

때 묻지 않게 산다는 건
참 어렵다.

순수하고 싶다.
더러움을 알아도 투명하게 통과시키는 사람이고 싶다.
그래서 별거 아닌 원칙을 몇 개 세웠다.

배려하고 또 배려하기. 내키지 않을 때도 배려하기.
누군가가 너무 미우면 우선 거리두기. 그리고 그 사람 입장에서 생각해보기.
마음이 꼬일 때는 딱 하루만 더 시간을 들여 꾹꾹 참아 보기.

억지로라도 한 번 더 배려하면 좁았던 마음이 한결 넓어짐이 느껴진다. 사람과 거리를 두고, 나도 시간을 들여 마음을 내버려두면 신기하게도 내가 이유를 두고 불편

하게 마음 썼던 일들이 정말 아무것도 아니었다는 것 알게 된다. 마냥 착한 사람이 되려는 게 아니다. 그저 따뜻한 사람이 되어 그들과 마음의 온기를 나누고 싶다.

지나가면
되는 것들

상처와 아픔에 섬세하게 반응하는 사람들이 힘든 법이래. 지금 네가 힘든 이유는 아마 그래서일 거야. 다른 사람의 아픔을 공감할 수 있는 따뜻한 마음을 가진 사람이라서. 우리 그냥 지나가자. 스쳐 보내버리자.

굳이 버티지 않아도 돼. 지나가는 것이라 생각하면 곧 의연해지기도 하잖아.

매번 받아치지 않아도 돼. 네 마음이 너무 아플 테니까.

그저 보내야 할 때가 있다는 걸, 너도 알 테니까.

어느 시한부 소녀의 이야기

어느 시한부 소녀의 이야기를 들은 적이 있어요. 그 소녀는 어릴 때부터 아버지, 어머니가 없었어요. 그 이유는 자신을 버리고 도망을 갔기 때문이었대요. 그래서 할머니에게 길러져 초등학교, 중학교, 고등학교, 대학교까지 마치고 훌륭한 어른이 되었어요.

이제 그녀는 간호사가 되었답니다. 그렇게 훌륭한 어른이 되기까지 아픔과 상처의 눈물이 많았지만 그녀는 늘 긍정의 힘으로 이겨냈다고 말했어요. 그렇게 열심히 살면서 좋은 친구들도 만나고 사랑도 해보고 이별에도 아파보고 살았어요. 그런데 어느 날부터 그녀는 자신의 몸에 이상이 생겼다는 걸 느꼈어요. 그래서 병원에 가서 검사를 받았다고 해요.
결과가 나오고 나서 그녀는 한없이 울었다고 해요. 내가 왜 이렇게까지 힘들어야 하는지 정말 절망에 빠져서 몇 날 며칠을 괴로워했는지 모르겠다고요. 하지만 그녀는 그래도 아직은 희망이 있기에 기회가 있기에 자신을 놓지 않았다고 말했어요. 그렇게 그녀는 일을 하면서 방사선 치료도 받고 약도 챙겨먹고 고양이도 키우면서 외롭지 않게 힘을 내서 살았다고 했어요. 하지만 시련은 또 찾아왔죠. 믿었던 사람한테 사기를 당하고 병원비를 다 날리게 됐어요. 그렇게 계속해서 고꾸라졌는데도 그녀는 그래도 살아야 된다고 생각을 했대요. 그래, 아직은 멈출 때가 아니야, 나는 아직 하고 싶은 것이 많아, 그래서 살아야 된다고. 결혼도 해야 하고 여행도 가야 하고 맛있는 것도 많이 먹어야 한다고 했어요. 그렇게 그녀는 아직도 힘들지만 외롭지만 열심히 자신의 나날들을 잘 보내고 있어요.

그녀의 이야기를 듣고 희망의 의미를 새삼 생각하게 됐어요. 우리는 한 가지 시련이 닥치면 그게 끝나지 않을 것 같아 너무 괴로워해요. 이제 인생이 끝났다고 생각해

1L

버리죠.
나는 생각해요. 그녀는 언젠가 올 좋은 날을 기다리고 있던 거라고. 분명히 그런 날이 올 거라 굳게 믿고 있었을 거라고. 그런데 그렇게 생각하니 정말 그게 맞는 것 같다는 확신이 들었어요. 아직 모르잖아요, 우리는. 앞으로 우리 인생에 어떤 일이 생길지.
사실은 저도 그렇거든요. 혹시 몰라서, 혹시 모른다는 생각에 힘든 하루를 버텨요. 어쩌면, 어쩌면 좋은 일이 하나쯤 생길지도 모른다고.

신호등

관계 정리가 제일 힘들죠. 그러나 의외로 단순하기도 해요. 마치 신호등 같은 거죠. 빨간불이면 친하게 지내지 말아야 할 상대, 가까이 가지 말아야 할 상대. 초록불이면 내가 가장 친하게 지내고 싶은 사람. 같이 밥을 먹고 술도 마시고 여행도 다니고 일상생활을 공유하고 싶은 사람이죠. 그리고 노란불이면 살짝만 거리를 둬야 할 사람. 친하지는 않지만 나쁘지도 않은 아직은 어색한 사이가 많을 수도 있는 그런 관계죠.

신호등은 어떻게 켜느냐구요? 사실은… 정해진 방법 같은 건 없어요. 예를 들어, 대화만 잠깐 나눠봐도 온화한 느낌이 들면 제게는 초록불이라는 뜻이에요. 그런 거죠. 직감과 느낌. 너무 허전한가요? 하지만… 모르겠어요. 어떤 때는 내가 나를 지켜야 하거든요. 내게 상처를 주는 사람들에게서. 그래서 나는 이렇게 가끔 관계를 정리해요. 거리를 두고, 거리를 줄이고, 그러면서요. 마음에서 보내는 신호가 있을 거예요. 그 신호의 의미는 생각보다 정확하답니다. 사람에게서 상처를 받고 있다면, 당신도 마음의 신호등을 눈여겨보세요. 당신의 마음을 지키세요.

어쩌다 어른이 되었지만

어쩌다, 어른이 되었지만….

그렇게 이제는 내 앞가림은 내가 해야 하고 사회에도 뛰어들어 돈도 벌고 가정도 챙겨야 하고 부모님 용돈도 드려야 하고… 이거 정말 어쩌다 어른이 되어서 책임질 거투성이가 되었지만 불평하지 않으려구요. 그래도 어머니, 아버지의 희생과 노력 덕에 어른이 되었으니까요. 감사합니다. 당신들이 그랬듯, 저도 열심히 살아보겠습니다.

엄마가 코를 곤다

어느 순간부터 엄마가 코를 골기 시작했었던 것 같다. 젊었을 때는 안 그랬는데 편안히 잠만 잘 주무셨던 것 같은데, 이제는 엄마가 코를 골고 있다.

그런데 나는 엄마가 코를 곤다는 사실이 너무나도 슬프다. 그만큼 인생이 고단했으니 이제는 편안하게 쉬느라 그러나 보다 생각도 들고 한편으로는 예전보다는 나이가 많이 들어 그런가 보다 생각도 들어서.

가끔 음식을 드시면서 흘리실 때, 어머니가 해준 음식 맛이 달라질 때, 그래서 아들, 딸 와서 간 좀 봐줘봐, 라고 말할 때 가슴 한 켠이 찌르르해진다. "엄마가 예전만큼 간을 잘 못 맞추겠어." 그 한마디 때문에.

엄마는 분명 그냥 하는 말이겠지만 나는 그럴 때마다 마음이 아프다.

인생은 한 번이야.
두 번이 아니야.
그러니 신중하면서도 과감해져야 해.

그런 적 없어요? 매번 겁에 질려서
앞으로 나가지 못한다는 좌절감에 비친
내 모습을 봤던 날.

그렇게 보냈던 나날들을 생각하며
아직도 제자리걸음인 것마냥 후회하는 현재.

언제쯤이면 이 기나긴 터널을 지나갈 수 있을까?
믿고 사는 기적 같은 희망.

당신의 존재가
묵직하게 다가올 때

어릴 적 남편을 일찍 보내고 어머니는 누나와, 아들인 나를 키우기 위해 정말 애를 쓰셨다. 남부럽지 않게 키우려고 자신의 먹을 것, 입을 것, 건강은 챙기지 않았으면서 자식들에게는 항상 최선을 다하셨다.

이제는 내가 성인이 되어 어머니에게 용돈을 드리며 어머니 옷을 사드리고 함께 장을 보러 다닌다. 그럴 때마다 정말 우리 어머니가 대단하셨구나 생각한다. 그 어려운 시절에 어떻게 자식들을 키우셨을까? 만약에 내가 어머니 입장이었으면 과연 저렇게 할 수 있었을까?

아직도 기억이 난다.
그 고왔던 어머니의 피부가. 그리고 화사하게 웃던 젊은 시절의 어머니 모습이. 그 고왔던 얼굴은 깊은 주름 뒤편 어딘가로 숨어버렸다. 나 때문인 것 같아서 정말 더욱더 미안해지고 잘해야지, 라는 생각만 든다.

친구의 눈물

차가운 겨울 우리는 헤어져야만 했다. 각자 가는 길이 달랐기 때문에. 그렇게 차가운 겨울에 나는 친구의 눈물을 보았고 그렇게 친구가 떠난 자리에서 나는 한 시간 동안 울고 서 있었다. 그 친구는 알았을까? 네가 없는 빈자리가 많이 아팠다는 사실을 말이다.

— 야, 네가 호주를 간다고? 웃기지마. 그냥 한국에 남아. 네가 가면 우리 여행은 끝이 나잖아. 야! 암튼 오늘은 네가 술 사!

— 요것보소. 친구가 간다는데 도와주지 못할망정 말리기만 하네. 잘 하고 있어라. 이 형이 나중에 자리 잡으면 티켓 보내줄게. 그때 날라온나.

— 그 약속 지켜라. 자 한잔 해라. 근데 진짜 가긴 가는갑다. 이제 며칠 안 남았는데. 아직은 실감은 안 나네.

어떠냐? 떨리지 않냐? 걱정은 안 되고? 돈은 좀 모았냐?

— 안 그래도 죽겠다. 낮에는 노가다 뛰고 야간에는 전화 영어 공부에 대리운전에 최대한 돈도 모아서 이왕 맘 정한 거 빨리 가봐야지.

— 그래, 가서 아프지 말고 잘해라. 그리고 힘들면 언제든지 돌아온나. 남들 눈치 보며 머뭇거리지 말고 근데 너는 성격이 좋아서 어디든 적응은 잘할 거야. 그러니까 걱정은 안 한다.

— 알겠다. 어서 술이나 마셔라.

그렇게 친구와 마지막 술잔을 기울이며 우리는 그날의 우정을 다졌다. 서로 각자 위치에서 열심히 살기로 하자며 헤어졌다. 며칠이 지나 친구가 진짜로 호주로 가는 그날 저녁 밤 친구가 다시 나를 불렀다. 마지막으로 나의 얼굴을 보겠다고 아버지 차를 끌고 우리집 앞으로 왔었던 것이다.

— 야, 나온나. 내 다 와간다.

— 그래 알았다. 기다려바라.

나는 친구가 돈도 없이 가는 걸 알았고 그래서 나도 갑자기 급하게 봉투에 돈 10만 원을 넣고 편지를 쓰기 시작했다. 그리고 주머니에 넣고 밖에서 기다리는 친구를 향내 달려갔다.

— 아~ 추브라. 뭐했는데. 빨리 안 나오고.

— 그냥 이것저것 좀 챙긴다고. 다른 친구들은 다 봤나?

— 어, 다 보고 이제 너한테 왔지.

— 어떻노? 안 떨리나? 좀 있으면 진짜 가는데 부모님은 뭐라시는데?

— 몰라~ 그냥 잘 갔다 오라고 하시지. 이 지긋지긋한 대한민국을 떠나볼란다. 취직하기도 힘들고 어디 가서 돈 벌기도 힘들고 이렇게 될 바에는 그냥 가볼란다.

— 그래, 조심히 잘 갔다온나.

— 알겠다. 야, 근데 한 번만 안아보자.

그때야 알았다. 이 친구가 나에게 어떤 친구인지 얼마만큼 소중한 친구인지. 친구를 안자마자 눈물이 흘렀으니까. 그렇게 눈물을 감추느라 정말 힘들었으니까.

— 자, 이거 받아라. 나중에 비행기 타고 가면서 한번 열어봐라. 그냥 밥 굶지 말라고 돈 조금이랑 편지 하나 써 넣었다.

내 선물을 받자마자 친구는 눈물을 글썽이기 시작했다. 등을 돌려서 눈물을 훔치는 모습에 나도 다시 눈물이 나기 시작했다. 그러자 친구는 우는 게 부끄러웠는지 갑자기 이제 됐다.

— 어서 들어가라. 춥다. 니 내일 출근해야 한다 아이가. 나를 걱정하듯이 이렇게 말을 했다.

— 가서 연락할게. 고맙다. 밥 안 굶을게. 그러니 너도

잘 하고 있어라. 내 꼭 열심히 해서 티켓 보내주께. 와서 보자.

— 그래 조심히 가라. 안전운전하고.

그렇게 우는 친구를 보내고 나는 한참을 서서 울었다.
그 친구는 알았는지 모르겠다. 그날 정말 마음이 아팠고 정말 미안했고 많이 울었다는 사실을. 친구는 즐겁게 떠난 것 같지 않았다. 이 사회가 친구를 이 땅 밖으로 눈을 돌리게 내몬 것 같았고, 내 탓도 있는 것 같았다.
나의 친구는 한국에서 비정규직으로 일을 했다. 노가다. 대리운전, 주야 공장, 피자 배달, 정말 안 해본 게 없이 열심히 사는 청년이었다. 그런데 늘 한계를 느꼈다. 그렇게 한국에 대한 회유를 느낀 채 "호주로 떠나겠다."며 워홀을 선택했던 것이다.
울고 서 있던 중 친구에게 문자가 왔다.

— 감정의 휘몰이 장단. 가는 친구 울리고 있노. 고맙다. 진짜 잘 갔다올게. 그러니 니도 밥 잘 먹고 잘하고 있어라.

— 그래, 가서 연락하고 밥 굶지 말고 미리미리 환승게이트 알아두고 넌 내 없으면 길 잘 못 찾잖아.

우리는 매년 같이 여행을 다니는 친구이기도 하였다. 이 친구는 길치였다. 그래서 혹시나 길을 잃어 버릴까 봐 그게 걱정이었다. 안 그래도 없는 돈에 도착 지점까지 잘 가서 별일 없어야 할 텐데. 그렇게 그날 밤은 마음 아픈 가운데 지나갔다.

다음 날 아침 나는 어김없이 출근을 하였고 그날 저녁이 되었을 쯤 친구에게서는 말레이시아 환승 구역에서 기다리고 있다는 문자 한 통을 받게 되었다. 짜식 잘하고 있네, 라는 생각도 들었다. 그렇게 며칠이 지나 친구에게서 다시 문자가 왔다.
친구는 정말 행운아인 것 같다. 호주가는 비행기를 탔는데 바로 옆자리에 호주가는 동갑인 친구를 만나서 도움을 받아 공항에서부터 게스트하우스까지 그리고 6개월 계약직이지만 일할 직장도 곧바로 얻게 되었다고 한다.
그렇게 잘 있다는 안부와 호주에서 만난 친구들 사진들을 보여주며 자랑을 하는 거였다. 내 친구가 너무 자랑스러웠다.

나도 더욱더 열심히 살아야겠다는 마음으로 또 하루를 다짐을 한 하루였다. 친구란 그런 것 같다.
서로가 서로에게 원동력이 될 수 있는 존재. 평생을 함께해도 아깝지 않은 존재.

몸에 베어버린
나쁜 버릇

약속을 했습니다.

그런데 저는 오늘도 지키지 못했습니다.

그렇게 어떻게 된 일인지 매일 반성을 하게 됩니다.

정말 고치지도 못하고 해야 한다는 걸 알면서 잘 안 되는 건 무슨 이유 때문인지…. 전 정말 오늘도 바보가 되어갑니다.

더 이상은 스스로에게 실망을 안겨주지 말자고 약속을 하지만 오늘도 전 자꾸만 변명을 하고 실수를 저지르며 또 약속을 어깁니다.

그렇게 내일하자. 다음에 하지 뭐. 그냥 넘기자. 하루 이틀도 아닌데 뭐. 괜찮겠지? 나만 그런 것도 아닌데. 이렇게 말이에요.

몸에 베어버린 버릇이란 정말 나쁜 거였어요.

끝날 때까지 끝난 게 아니다

성공한 사람들의 말이 다 맞는 건 아니야.
그 사람들도 틀릴 때가 많을 거야. 그냥, 그 사람이 틀려서가 아니라 우리가 처한 환경이 다르니까.

그래서 때로는 상대방이 틀렸다고 나를 다그쳐도 나의 길을 꿋꿋이 걸어가야 할 때도 있는 거야.

내가 틀리고 잘못되었다고 누가 알겠어.
아직은 끝을 보지는 않았잖아.

끝날 때까지 끝난 게 아니니까.

너의 행복이 보인다

그냥 흘러가는 대로 맡기면 되겠지 생각하면 거기에서 끝나버린다. 때로는 철저하게 계획적으로 인생을 잘 정리해가면서 사는 방식도 중요하다. 아무리 어려운 문제도 보다 보면 풀리듯이 정리가 필요한 순간 말이다. 성공한 사람들이 자주 하는 말 중에 이런 말이 있다.

"좋다는 것 하고 싶다는 것을 하다 보니 이렇게 남들보다 성공의 위치에 있게 되었어요."

그러나 그들도 다 말하지 않는 것이 있다. 준비 없이, 생각 없이 할 수 있는 일이라는 건 아무것도 없다는 것.

드라마틱한 성공 뒤에 숨은 수많은 실패와 좌절과 노력의 흔적이 내게는 보인다.
지금 너의 좌절 다음에 올 행복의 순간도, 보인다.

길

가는 길마다 자꾸만 내 마음과 눈에 비바람이 분다.
미안해, 라는 말도 자꾸만 늘어만 간다.

웃는 사람들이 많이 보인다.
나는 왜 웃지 못하는 걸까?
나도 저 사람들 틈에 끼고 싶은데 그게 왜 늘 쉽지가 않을까?

.

.

.

기억이 나를 잡고 있고 추억이 나를 울게 하고 그렇게 시간 속에 묻혀서 걸어갈지라도 멈추지는 않으려 한다. 그 걸음도 내 일부니까. 계속 걸어가자. 아무리 아프고 힘들고 지치더라도 끝까지 가다 보면 언젠가는 기쁨이 두 배가 되어 있을 테니. 어떤 경험이라도 언젠가는 또 다른 소중한 보물로 다가올 날이 있을 테니.

그러니까 모든 걸 짊어지고
끝까지 걸어갈 수 있는 내가 되자.

멈춰도 아프고
달려도 아픈 거라면
끝까지 달려서 나의 기쁨을 잡을 수 있게
나는 계속 달리고 웃어볼 것이다.

미안해하지 말아요

미안해하지 마요. 나한테 말이에요.
그보다는 앞으로는 더 잘하자고 말해줘요. 나에게 말이죠.
나에게 자꾸 미안해지면 자꾸만 작아지며 용기를 잃어가잖아요. 그러면 어떻게 해요.
아무것도 못하게 될까 봐 두렵지는 않나요?

수십 번의 실수와 수십 번의 반성 뒤에는 다시 나를 격려해줘요. 미안하다는 말은 이미 많이 했잖아요. 당분간은 잊고 살아도 되요.

다시, 올바르게 힘차게 걸어갈 나를 위해서요.

OPEN
HEREN

아이 같은
순수함

몰래 흘리는 눈물이 있었다.

그날 나는 어디론가 떠날 예정이었다. 짧지만은 않은 여행이었던 것으로 기억한다.

"엄마, 저 잘 다녀올게요."

설렘을 주체 못할 듯한 목소리로 그렇게 외치며 문을 나섰지만, 마음은 그렇지 않았다. 어쩐지 즐겁지만은 않았던 무거운 마음. 그 마음의 정체를 지금은 알 것도 같다.

"엄마, 그래도 조금은 두렵네요. 낯선 곳이잖아요."

어른의 마음으로 다 괜찮다는 듯이 외친다.
아이의 마음으로 나는 두려움을 말한다.

우리에게 있는 아이의 순수한 마음을 보듬고 싶다.

아픔이 전부인 줄만 알았다.

내 아픔만 있는 줄 알았다.

눈을 돌려보니 곳곳에 가시처럼 박혀 있는 아픔이 눈에 띄었다. 야속하게도 그런 아픔에 위로를 받았던 적이 있었더랬다. 나만 아픈 건 아니었다고.

어느 날 그렇게 위로를 받았던 적이 있었다.

하면서
걸어요

생각보다 쉽지 않은 선택들 앞에서 망설이며 겁에 질렸던 적이 있었어요. 곧잘 나는 움직이지도 못하고 또 멈춰 선 채 지나가는 버스만 바라보는 느낌을 받았어요. 분명 내 앞에 기회의 버스가 섰던 적이 있었죠. 그러나 그 버스에 올라탈 용기는 없었어요. 내 행동을 곱씹으며 또 나를 자책하기도 했어요.

"실패하지 않았다는 건 새로운 일을 전혀 시도하지 않았다는 신호다."

우디 앨런이 그랬대요. 아무것도 하지 않은 것보다 실패한 경험이 우리에게 많은 것을 알려주기도 하잖아요. 실패? 실수? 어쩌면 비웃음을 당할 수도 있겠지만… 그게 뭐 어때서? 그런 것들이 두려워서 내가 하고 싶은 순간들을 외면하는 것이 더 나쁘다고 생각하게 되었어요.
부딪히며 실패와 실수를 반복해가며 나아가는 것도 이

제는 괜찮은 것 같아요.

하면서 걸어요.

괜찮아요. 하면서 걸어가도 되요.

우리 그렇게 걸어요.

삶의 이유를 찾아보며

공부를 잘하는 사람 공부를 못하는 사람, 재능이 있는 사람 없는 사람, 능력 있는 사람 능력 없는 사람으로 나뉘는 이 세상에서 나는 어떤 사람일까 생각을 해본 적이 있었다. 곰곰 따져 보니 나는 늘 후자에 속한 사람인 듯했다.
그러면 나는 무엇을 잘하는 것일까? 오랫동안 생각하고 찾으려 해도 결국 답이 나오지 않았다. 산다는 게 그런 걸까? 답을 찾기를 멈추지 못하고 계속 헤맨 끝에 한 가지 결론을 내렸다. 무엇을 잘하는지는 모르지만 무엇을 하고 싶은지는 안다. 나는 그렇게 펜을 들어 글을 적기 시작했다.

누가 보지 않아도 오래도록 글쓰기를 해왔다. 10년의 시간이 쌓이니, 어느새 나를 지지해주는 사람들이 생겼다. 더 힘이 났다. 응원 한마디 듣지 못했던 나였다. 그저 내 삶을 끌어나가고자 노력했고, 하고 싶은 것을 했다. 지금의 나는 그 결과를 만들며 살아가고 있는 존재라 생각한다.

무엇이 되었든 '못해도' 상관없다.
모르는 것이 많아도 상관없다.
다만, 이것 하나만은 꼭 필요하다.

"나는 무엇을 하고 싶은가?"

나를 인생이라는 땅에 굳게 발 붙이게 해줄 단 한 가지 이유 말이다.

부끄럽지 않은 사람이 되기 위하여

겉멋 든 사람이 되고 싶지는 않았어요. 때로는 생각이 짧아 실수를 하게 되어도 반성도 하며 고칠 줄도 아는 사람이 되려 했어요.

진실하게 성실하게 살아가는 사람이 되자. 마음껏 자신의 인생을 느끼며 부족함에서 더 행복을 찾고 느낄 수 있는 사람이 되자. 감정의 연결 고리 끝에 내가 있는 사람이 되자. 그 누구와도 이 감정의 연결 고리를 끊지 않는 삶을 살아가자. 가끔은 이런 저런 일들 속에 속상하고 부끄럽고 힘들어서 울고 창피하기도 하겠지만 나쁜 사람만은 되지는 말자. 나에게 자랑스러운 사람이 되자.

나에게 어떤 사람이 되고 싶은지는 한번 물어본 적이 있었나요? 나에게 어떤 감정이 있었는지 나는 알고 있었나요? 나에게 무슨 말을 해줘야 할지 한 번쯤은 생각을 해보셨나요?

나는 적어도 어떤 사람이 되어야 할까요?

큰 파도 없이 잔잔하고 고요한 삶.
흐트러짐이 두려워서 나의 감정을 잠재운 채
살지 않았으면 좋겠어요. 모두들 그렇듯 평온한 삶만을
추구하는 삶 속에서 당신만은 모든 감정을 느끼며
내가 되어 살아주기를 기도해요.

먹고사는 게 어렵대.
그런데 꾸역꾸역 또 살아나간대.
하지만, 이내 또다시 먹고사는 게 힘들대.
그래서 나도 오늘이 힘이 드나 봐.

사랑하는 것도 어렵대.
그런데 또다시 사랑을 한대.
지겹도록 아파도 해보고 상처도 받아보고
눈물을 흘려봐도 버릴 수가 없더래.
그리고 이제는 사랑하지 못하는 마음이 더 아프대.

그렇게 우리는 사랑을 말한대.

당신의 마음을 알고 있었다

시간이 가는 줄도 모르게 달려왔나요? 아픈데 아픈 줄도 모르고 혹은 아픈 줄 알면서도 애써 외면하면서 달려왔나요? 알아요. 당신이 안 아픈 척 했었다는 거.

먼 길을, 가끔은 혼자서 돌아 집으로 돌아와도 들리는 그 울음소리가 들려왔거든요.

빈 차,

빈 지갑,

빈 마음,

빈 주머니,

빈 집,

빈 방,

빈 길.

빈 눈물,

빈 입술,

비어버린 것들이 너무 많아서
무엇을 어떻게 뭐부터 채워야 할지
우리들은 잘 모르겠네.

다정하게 가르쳐주던 사람들의 말도
이제는 전부 다 거짓을 들리기 시작해서,
아무도 믿을 수 없고.

갈 길은 멀기만 한데, 돌아가서라도
걸어가는 방법을 택하고 있을 뿐이네.

내가 그린 그림

꿈속에서 그린 그림들은 정말 아름답기만 한데
현실에서 그린 그림들은 정말 흉할 뿐이다.

꿈속에서 그린 그림들처럼 되면 좋겠지만
현실의 무게는 무겁고 속도는 더디기만 해서 어떻게도 몸을 움직일 수가 없다.

어떤 마음의 표현들로도 허전함을 채우기엔 부족하다.
현실 속 그림에 덧댄 어수룩한 붓질이 부끄러워져서 어쩐지 숨고만 싶어진다.

익숙함이 야속함으로 바뀌는 지금 이 순간

우와, 하던 때가 사라지고, 이제는 무덤덤해진 때가 다가와. 나도 어느덧 익숙해진 걸까. 설레던 마음은 어디로 가고, 이제는 냉소만 남아버렸을까?
그때 그 순간의 순수했던 마음들은 어디로 갔을까? 잘 모르겠다. 이제는 잘 몰라서 그토록 찾고 싶어지는데….

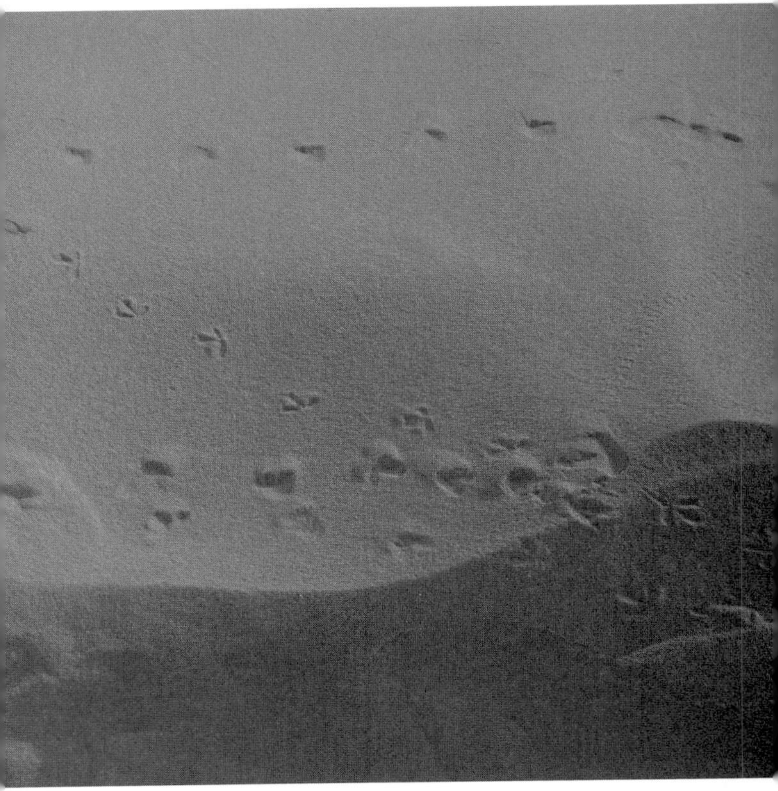

음악이라는 거,
참 좋지?

음악의 향기에 취한다는 말을 이제는 알 것 같다. 이렇게 빠져 있는 순간이 정말 좋아서 자리를 뜨지 못한 채 몇 시간이나 눈을 감고 음악을 듣는다.

좋아하는 일을 하는 동안은 시간의 흐름이 다르게 느껴진다. 멈춰 있는 것도 같고, 너무 빨리 흐르는 것도 같기도 하다.

나를 흔드는 세상 속에서 유일하게 안심하고 쉴 수 있는 나만의 안식처다.

위로의 말이 비슷해질 때

단어만 조금씩 바뀐,
문장만 조금씩 다른 위로의 말들이 넘쳐난다.
이상한 건 나는 오늘도 그 문장들을 보면서
위로받는다는 사실이다.
그만큼 내가 끝도 없이 가라앉아 있다는 뜻일 것이다.

한없이 위로가 필요해지는 날들.
오늘도, 내 마음이 괜찮아질 때까지 다독임의 말들을
응시한다.

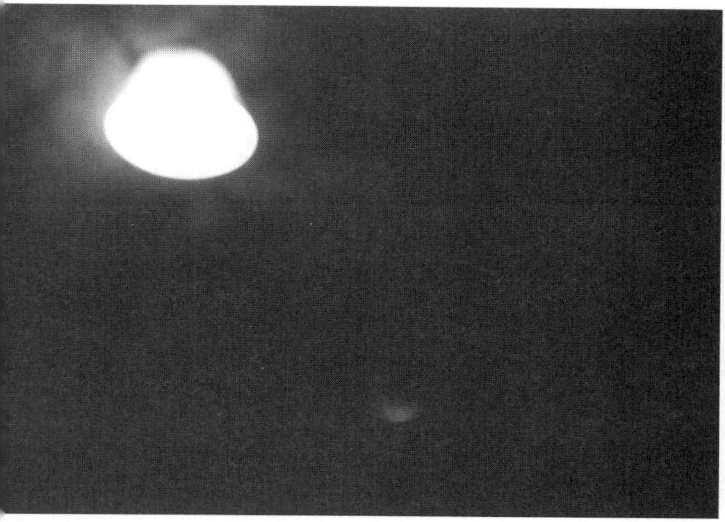

비밀이 많은 사람이 되지는 말아요.

비밀도 가끔은 공유하며 나누며

살아갈 수 있는 사람이 되기로 해요.

너무 많은 이기적인 비밀은
나를 더더욱 아프게 하는 것일 수도 있잖아요.

우리는
감정 폭발 유발자

자꾸만 아무것도 아닌 척을 하며 살아간다. 감정 폭발 유발자라는 본질을 숨기고서. 말을 아끼고 행동을 죽이고 감정을 숨기면서. 당연하다는 듯이 참으며 살아간다.

조금이라도 불씨가 살아 있을 때 그 마음의 불씨를 살려야 하는데…. 불씨가 한번 꺼지고 나면 다시 불을 붙이기는 더욱 어려워지는데….

기록 한 장이 말하는 순간들의 이야기

시간이 정말 아까울 때가 있었습니다. 시간이 그냥 버려진다는 생각에 너무나도 괜히 아까운 날들이 많았습니다. 그래서 더더욱 시간을 어떻게 활용을 하면 좋을까 하고 생각을 하던 때가 있었습니다.

1분 1초가 아까웠던 시간들 앞에 제가 할 수 있었던 것은 아무것도 없었습니다. 오로지 그 마음을 알고 조금 더 느끼는 것 말고는 할 수 있는 것이 없었죠. 그리고 그 시간의 기록들을 짧게나마 글로 표현을 하여 남기는 것이 전부였습니다. 덜 아쉬워지는 방법이었던 것 같아요. 온전히 그 시간을 솔직한 마음으로 느끼며 보냈던 기록의 시간들을 기억합니다.

추억하기 힘든 감정의 나날들까지 모두 다 한 장으로 채워버립니다.
그리고 나서 아쉬웠던 시간을 안타깝게나마 보내줍니다.

안녕이라고 말하면서.

살아가는 방식에 대하여

세상이 만만치는 않아요. 슬프게도 말이에요.
세상이 나에게 자꾸만 시험에 들게 하는 것 같잖아요.
그래도 그런 생각 들지 않나요? 내가 그 시험을 잘 풀어
나가고 있다는 생각 말이에요.

아쉬움은 남아요.
저는 오늘 하루를 이렇게 기억해봅니다.

아쉬움 반, 힘내자는 미소 반.
이 정도면 썩 괜찮은 것 같아요.

나의 진심을 믿어요

상대의 마음을 모를 때, 그것보다 난감한 일은 없죠. 그래서 저는 그의 행동을 봐요. 행동은 숨길 수가 없거든요. 그때마다 기준도 바뀌고 행동도 바뀌는 사람인지, 늘 같은 마음으로 같은 일을 하는 사람인지요.
그런데 참 웃기죠. 그 사람은 나를 믿는데 나는 아직까지도 그 사람을 못 믿겠다는 표정으로 지켜본다니, 내가 너무 이기적이죠. 그렇지 말아야지 생각해도 한 번씩 의심하게 돼요. 저 사람이 나를 이용하려는 것은 아닌지, 또는 정말 좋아해서 그러는 건지요.

그래서 나를 위한 기준을 하나 정했어요.

상대가 나를 어떻게 생각하든지 나부터 진심을 다해보자고요. 그것이면 되었다고. 그러면 나중에 어떤 결과가 닥치든 내가 한 행동에 후회는 없을 거라고요. 그렇게 진심으로 대하다 보면, 그 많은 사람 중에 한 명쯤은 진심을 되돌려줄지도 모른다고요.

그런 희망이 다른 사람을 사랑으로 바라보게 만들어줘요.

나를 위해서, 오늘도 그렇게 살아봅니다.

느리지만 분명 잊혀져요

아름다운 말들에 속아 상처를 입고
그럼에도 불구하고 또 속아서 또 상처 입고
그렇게 이것도 경험이라고 생각이 들었을 때는
이미 많은 상처를 입었고
너덜너덜해진 마음이 처음처럼 말끔해지지는 못하겠지만, 흐릿하게는 할 수 있지 않을까?

잊혀져요. 지난 상처는 이미 기억 속에 자리 잡혀 있지만 분명 그 기억도 잊혀져가요.
좋은 것도 영원하지 않듯이, 나쁜 것도 영원하지 않아요.
나쁜 것은 잊고 좋은 것만 생각하며 살아가요.

누구에게나 완벽한 사람은 없다.

다만 누구에게나 완벽해지려고 노력하는 사람이 있을 뿐.

하지만 나는 생각한다.

그 누구에게나 완벽한 사람이 되기는 싫다고.

나는 나대로의 삶을 존중하고 싶다.

그 속에서 엮일 수 있는 모든 관계를 인정하는 삶,

그런 삶을 살고 싶다.

나만의 온도를 가지고 살아가세요.

타인의 온도를 느낄 줄도 아는 사람이 되어주세요.

두 가지만 가지고 살아도 실패는 아닐 거예요.

적당한 삶에 대하여

보람 있는 삶은 어떤 걸까?

나는 주위를 둘러보았다. 그렇게 한 사람 두 사람 세 사람…. 모두들 자신의 삶에 만족하며 잘 살고 있었다. 삶의 고비마다 거치는 그런 고민도 하면서. 그런데 고민이 있어도 마냥 힘들어만 하지 않고 웃는 모습도 보이는 것이 인상에 남았다. 그 이유는 간단했다. 보람된 삶을 잘 살고 있는 나이기 때문에 지금의 적당한 고통들은 이겨낼 수 있는 힘을 갖고 있는 것이었다. 아무것도 아닌 듯 웃을 수 있는 이유였다.

그런 생각을 해본다.
자신이 좋아하는 일을 하면 돈이 없고,
남들처럼 현실적으로 살자니 너무 싫고,
또는 적당히 현실과 타협하며 따라가자며 살면 왠지 내가 아닌 것 같고.

그러면 도대체 우리들은 어떻게 살아야 하는 것일까?

쉽지 않다. 분명 복잡하고 어려운 감정들의 연속임에는 틀림없다. 그러다 한 가지 결론에 도달했다. 내가 너무 욕심을 내고 살고 있었던 것은 아니었던 걸까? 이 질문을 곱씹다 보면 어쩐지 나도 그 누군가들처럼 나름의 보람된 삶을 살고 어느 정도의 고민거리면 웃고 넘기며 살 수 있지 않을까 싶었다.

어려운 게 아니었다. 정말 간단한 거였다.
그런데 그렇게 단순히 살기가, 간단히 살기가 왜 이렇게 힘이 드는 걸까?

버티기의 힘

몸이 아파도 출근은 해야 했다. 왜냐면 내가 쉰다고 해결되는 것은 내 몸의 회복밖에 없으니까. 다른 것은 그 누구도 해결을 해줄 수 없으니까. 그렇게 아침에 출근길에 올라 5시까지만이라도 버티자며 꾸역꾸역 걸음을 옮긴다.

그렇게 우리들 중 오늘도 누군가는 아픔 몸을 이끌며 출근길에 나선다. 가기 싫다는 말을 담을 수도 없고 담아서는 안 되는 금지어라며 그냥 속상해하며 외로운 길을 걷는다.

"여보, 나 회사 다녀올게. 오늘은 조금 일찍 올수도 있을 것 같아."
"엄마, 아빠, 나 회사 다녀올게. 오늘은 조금 빨리 올게."

MILANO COFFEE

B

위로가 될 말을 하고 싶지는 않았다.
그저 우리들의 일상이 묻어나 있는 삶에 대해
말하고 싶었다.

일상이 삶이 되는 소박하지만 단단한 여정을,
너와 내가 걷는 그 위대한 하루를 말이다.

술 같은 인생을 살다

한 잔을 마시면 "아 쓰다."라고 말하게 된다.
두 잔째에 들어서면 "음, 그래도 쓰네."라는 말을 하게 된다.
그러나 소주 한 병을 마시게 되면 그냥 그 술이 쓴지 모르게 마시게 된다. 그렇게 두 병을 마시면 취하듯이 속마음을 털어놓고 앉아서 술잔을 기울이게 된다.

삶도 그렇다. 처음에 겪은 감정과 고통과 아픔 들은 미친 듯이 아프다가도 두 번째 겪은 전과 똑같은 상황들은 전에 겪었던 거라며 조금은 견디기가 수월해진다.
그러나 여러 번 걸쳐서 겪어내다 보면 어느덧 또 다시 왔네, 한다. 이내 한숨을 쉬면서 언젠가는 지나가겠지, 라며 마음의 문을 닫고 눈을 부릅뜨고 눈물을 삼킨다.

어쩌면 술 같은 인생을 사는 건 아니었을까?

오늘은 술 한잔 기울여야겠다.

이제는 조금 웃네요.

이제는 조금 느려졌네요.

이제는 조금 들리네요.

이제는 조금 안 아프네요.

이제는 조금 괜찮아졌네요.

긴 시간을 오래도록 버틴 덕분인지 세상이 나를 버린 것 같다는 생각보다는 이제는 그 모든 경험과 노력과 시간들이 고맙다. 내가 그렇듯 모두들 괜찮아졌으면….
우리 모두가 웃을 수는 없지만 웃는 사람이 더 많은 이 곳이길….

지금은 어때요?

아직도 서러운 마음에 울고 있지는 않나요?
지나친 것들이 아쉬워서 마음을 달래고 있나요?
그러면 멈추지 말고 계속 나를 달래주세요.
멈추면 더 힘들어지는 건 오히려 나 자신일 테니까 말이죠.

가끔은 그래요. 마음의 울림이 없는 가운데 살아가는 건 너무 허무하다고 말이에요. 그래서 나는 아파도 견뎌내 보려고 해요. 버텨내려고 노력해요. 그 순간이 지나면, 그 또한 내 인생의 한 페이지가 되고 위로가 되는 놀라운 경험을 하기도 해서요.

이제 답을 해주세요.
오늘 하루 잘 지냈는지, 몸은 아프지 않은지, 밥은 잘 먹는지, 걱정은 줄었는지….

오늘 당신, 안녕한지 말이에요.

오늘 밤은 당신이 조금은 위안이 되고, 따뜻한 마음으로 잠들었으면 해요.